O caso do
livreiro misterioso

Dados Internacionais de Catalogação na Publicação (CIP) de acordo com ISBD

B639c	Blanch, Teresa.
	O caso do livreiro misterioso / Teresa Blanch ; ilustrado por José Labari ;
	traduzido por Mariana Marcoantonio. - Jandira, SP : Ciranda Cultural, 2023.
	96 p. : il. ; 13,50cm x 20,00cm. - (Os buscapistas ; Vol. 2).
	Título original: El caso del librero misterioso
	ISBN: 978-65-261-0638-9
	1. Literatura infantojuvenil. 2. Diversão. 3. Mistério. 4. Aventura.
	5. Investigação. I. Labari, José. II. Marcoantonio, Mariana. III. Título. IV. Série.
2023-1072	CDD 028.5
	CDU 82-93

Elaborado por Lucio Feitosa - CRB-8/8803
Índice para catálogo sistemático:
1. Literatura infantojuvenil 028.5
2. Literatura infantojuvenil 82-93

Título original: *Los Buscapistas: El caso del librero misterioso*
© texto: Teresa Blanch, 2013
© ilustrações: Jose Labari, 2013
Os direitos de tradução foram negociados com a IMC Agència Literària, SL
Todos os direitos reservados

© 2023 Ciranda Cultural Editora e Distribuidora Ltda.

Produção editorial: Ciranda Cultural
Tradução: Mariana Marcoantonio
Diagramação: Ana Dobón
Revisão: Fernanda R. Braga Simon

1ª Edição em 2023
www.cirandacultural.com.br

T. BLANCH - J. A. LABARI

O caso do
livreiro misterioso

Tradução:
Mariana Marcoantonio

Ciranda Cultural

MAXI CASOS

PEPA PISTAS

Eles se conheceram no maternal e desde então
não se separaram. Os dois têm uma agência
de detetives e resolvem casos complicados.
Pepa é decidida, e Maxi é um pouco medroso...
Juntos, formam uma boa equipe.
Eles são **OS BUSCAPISTAS!**

MOUSE, o hamster de Maxi.

Estes são **PULGAS**,
o cão farejador da agência,
e **NENÉM**, o irmão de Pepa.
Sua superchupeta livrou os
Buscapistas de mais
de uma fria.

AGÊNCIA
OS BUSCAPISTAS
Situada na antiga casa
de Pulgas.

O MASCARADO
ANÔNIMO, um estranho
personagem que ajuda os
Buscapistas. Mas quem se esconde
atrás dessa máscara? **Busque
as pistas e descubra a
identidade dele!**

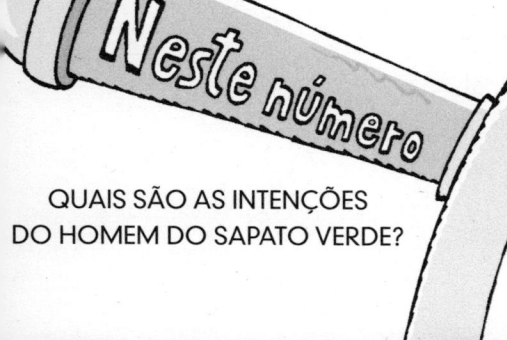

Neste número

QUAIS SÃO AS INTENÇÕES
DO HOMEM DO SAPATO VERDE?

FORA, PIVETES!

Pepa Pistas e Maxi Casos esperavam impacientes na frente do balcão da biblioteca para pegar emprestada uma nova aventura de *Detetives e farejadores*, sua série de livros preferida.

– Sinto muito, crianças, não sobrou nenhum exemplar – informou Cleo, a bibliotecária, observando o computador.

– Bom, então vamos reservar – respondeu Pepa. – Estamos ansiosos para ler o novo caso do detetive Lupinha e seu cão Olfato.

– Entendo – comentou Cleo, sorridente, e se virou para a tela. – Deixem-me ver... Puxa, tem uma longa fila de espera!

– É que esses livros são superinteressantes! – disse Maxi, com um sorriso.

Enquanto ouvia o que Maxi falava, Cleo continuava digitando.

– O livro vai estar disponível para vocês em...

Pepa e Maxi aguardaram a resposta sem afastar os olhos da bibliotecária.

– Hum... uns três meses – disse Cleo em seguida, e voltou a olhar para o computador para conferir. – É isso.

– Ma... ma... mas é uma eternidade! – lamentou-se Pepa. – Não pode ser antes?

– Impossível. Próximo! – exclamou Cleo.

Foi assim que os dois amigos saíram da biblioteca um tanto cabisbaixos.

– O que vamos fazer? – perguntou Pepa, decepcionada.

– Não sei, mas tive uma ideia genial... Quanto falta para o seu aniversário? – perguntou Maxi.

Pepa lançou um olhar irritado para o amigo.

– Foi há dois meses, duas semanas depois do seu! Além do mais, o que importa isso agora?

Maxi explicou que, se o aniversário dela tivesse sido nesses dias, ela poderia pedir o livro de presente.

Pepa deu de ombros e assentiu com a cabeça.

– Bom, talvez possamos comprá-lo – propôs Maxi, para animar a amiga.

– Com que dinheiro? – replicou ela, surpresa.

Estava claro que Maxi não tinha levado em conta esse detalhe.

– Com o que você guarda no seu cofrinho? – insinuou o menino.

– Eu quebrei o cofrinho na semana passada, para comprar os binóculos da nossa agência de detetives – lembrou-lhe Pepa. – Por que você não vê se tem alguma coisa?

Maxi parou para pensar. A única coisa de valor que tinha era Mouse, seu hamster. No entanto, fez o que a amiga estava pedindo e tirou o porta-moedas da mochila, abriu o zíper e despejou na calçada tudo o que tinha ali dentro:

um botão

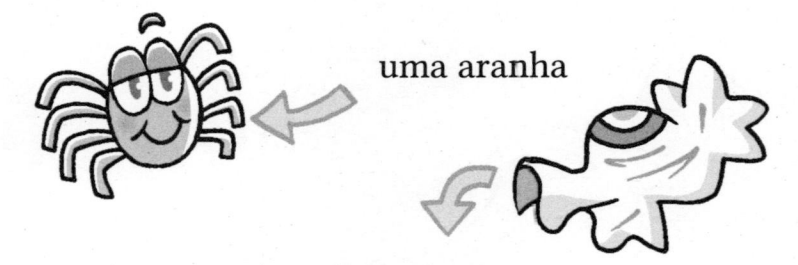

uma aranha

um papel melecado de bala e...

– Dez centavos! – exclamou, contente.

– Você está de gozação? – replicou Pepa, com os olhos arregalados.

Maxi negou com a cabeça e sacudiu o porta-moedas antes de esvaziá-lo de novo.

Clinc, clinc, clinc...

Fez uma moeda de um real ao cair no chão!

– Você viu? – disse Maxi, com um sorriso.

Naquele instante a moeda parou de tilintar e...

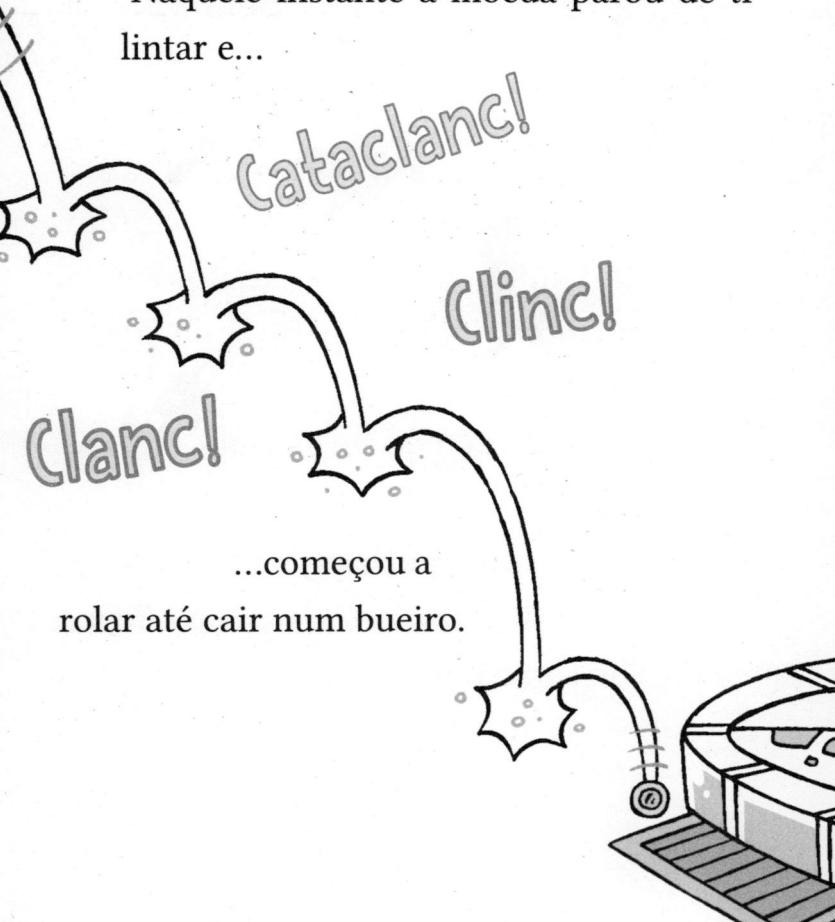

Cataclanc!

Clinc!

Clanc!

...começou a rolar até cair num bueiro.

A livraria ficava no caminho para a casa de Pepa. Quando passaram em frente dela, Pepa e Maxi não hesitaram em grudar o nariz na vitrine para contemplar mais de perto a nova capa de *Detetives e farejadores*.

– Ai! – suspirou Pepa, colocando a mochila no chão.

– Se não conseguirmos um, estaremos perdidos. Veja! – Maxi apontou para o cartaz pendurado sobre o livro.

Permaneceram em silêncio por alguns segundos, pensativos, até que um homem de aparência irritada, com a cabeça coberta por um boné enorme, abriu a porta do estabelecimento e se dirigiu a eles de um jeito muito desagradável:

Parecia que os olhos verdes e vidrados dele iam saltar das órbitas a qualquer momento. Pepa e Maxi ficaram com o cabelo arrepiado.

– Des... desculpe – responderam ao mesmo tempo, antes de sair correndo rua abaixo.

Ao virar a esquina, quase não tinham mais fôlego. Pararam para descansar.

– Que humor horroroso! Eu achava que o livreiro era um homem superamável – comentou Maxi, espantado.

Pepa concordou. Seu pai, conhecido escritor de romances de mistério, ia à livraria com frequência e jamais tinha feito comentários desagradáveis sobre o livreiro.

– O papai costuma dizer que ele é um cara legal – respondeu Pepa, imitando a voz do pai, mas parou de repente. Não conseguia tirar da cabeça a imagem daqueles olhos verdes vidrados e arregalados. Subitamente, empalideceu:

– A minha mochila! Eu esqueci a minha mochila perto da livraria!

CADÊ O MOUSE?

Muito a contragosto, Pepa e Maxi se dirigiram a passos rápidos rua acima, até chegar à porta da livraria.

– Tem certeza de que esqueceu aqui? – perguntou Maxi. – Não estou vendo.

– Ele deve ter entrado com ela – disse Pepa.

Percorreram a grande vitrine agachados, para que o livreiro não os pudesse descobrir.

– E agora, o que vamos fazer? – sussurrou Maxi.

Pepa se aproximou da porta entreaberta e deu uma olhada lá dentro. Nem sinal da mochila!

– Temos de entrar – garantiu Pepa. – Ele deve ter guardado nos fundos.

– Tem certeza? –Maxi hesitou. – Você poderia deixar pra lá... É só uma mochila, e eu tenho várias em casa. Posso lhe dar u...

– É a minha mochila, e eu a quero de volta! Além do mais, estão os sanduíches de queijo da merenda! – exclamou em voz alta.

Queijo? Mouse pôs a cabeça para fora e fez algo impensável: escapuliu do capuz da blusa e se enfiou na loja.

Apesar de Maxi tê-lo chamado várias vezes, Mouse não se deteve. Afastou-se pelo corredor farejando de um lado e do outro em busca da sua porção de queijo.

– Pode me explicar por que esse hamster nunca responde às suas ordens? – perguntou Pepa, surpresa.

– Você sabe que ele é muito teimoso quando está com fome! A culpa é sua. Quem mandou pronunciar a palavra "queijo" a essa hora da tarde? – protestou Maxi.

Pepa pensou que o amigo sabia como tirá-la do sério, mas decidiu recuperar a calma e bolar um plano.

Isso! Sim! Um plano!

Mas...

Qual?

Pepa ergueu uma sobrancelha e refletiu por alguns segundos.

O que o detetive Lupinha e seu ajudante Olfato teriam feito numa situação como essa?

Pepa não conseguia pensar em nada!

– Já faz um bom tempo que nós estamos aga-chados, e o meu joelho está doendo. O que você propõe? – perguntou Maxi, meio preocupado.

– Entrar na livraria e chegar até os fundos. – Pepa tomou ar e continuou: – Recupera-mos a mochila e o Mouse e saímos dispara-dos feito foguetes.

Maxi hesitou e fez uma careta.

Esse era o plano? Faltava uma hora para a loja fechar. E se depois não conseguissem sair? Ele não gostava nem um pouco da ideia de passar a noite naquele lugar.

– Veja pelo lado positivo – sussurrou Pepa –: na pior das hipóteses, vamos passar a noite inteeeira lendo *Detetives e farejadores*.

Durante alguns segundos, Maxi sorriu e decidiu que, pensando bem, não era uma ideia tão ruim! Além do mais, teriam os sanduíches de queijo! E Mouse! E a mochila!

– Vou contar até três – avisou Pepa sem mais preâmbulos. – Um...

Maxi a segurou pelo braço.

– Será que não é perigoso?

– Não! No máximo pode cair um livro na sua cabeça.

As palavras de Pepa não o tranquilizaram nem um pouco.

– Dois... – Pepa puxou o braço. – Solte! E...

Maxi a segurou com mais força. Aquele tipo de situação o deixava extremamente nervoso. Até fazia suas mãos transpirar!

E, quando Pepa lançou o grito de guerra...

...a mão de Maxi escorregou como um sabonete e liberou o braço da amiga, que entrou feito um relâmpago no estabelecimento.

– Glup! – foi a única coisa que a menina conseguiu resmungar ao se dar conta de que Maxi não a havia seguido.

Pepa permaneceu escondida atrás de algumas estantes repletas de livros e aguçou o ouvido.

Mouse? Era provável que estivesse rondando a mochila.

Pepa percorreu alguns metros engatinhando. Nos fundos da loja, o homem andava de um lado para o outro, como um robô.

Iiic! Iiic! Iiic!

Se Mouse não parasse de fazer barulho, ia acabar sendo descoberto, e quem sabe do que aquele homem seria capaz!

Ouviu alguns passos vindo da porta de entrada. Alguém tinha acabado de entrar na loja. CLIP! CLAP! CLIP! CLAP!

Do seu esconderijo, Pepa vislumbrou uns sapatos de couro verde.

– Foraaaaaa! Foraaaaaa...! – berrou o livreiro, erguendo e baixando o tom de voz. Parecia estar prestes a ficar sem corda!

Os sapatos de couro verde avançaram até o livreiro e se detiveram nos fundos. Pepa enfiou a cabeça entre as estantes de livros, mas não foi capaz de ver nada. Então, escutou. Aqueles dois indivíduos não trocaram mais do que meia palavra, mas ela conseguiu captar um som um pouco familiar.

REC! REC! REEEC!

Pepa pensou que era um bom momento para escapulir daquele lugar. Antes, precisava localizar Mouse. Tinha de encontrar uma forma de atraí-lo até ela. Procurou no bolso da jaqueta algum pedacinho de queijo ou de alguma outra guloseima. Nada! Estava limpo. Nem uma simples migalha de pão. Estava quase desistindo da ideia de recuperar Mouse quando descobriu um rabinho cor-de-rosa atrás do porta-guarda-chuva da entrada.

Ela se lançou para a porta e pegou o hamster. Do fundo da loja, e sem que Pepa percebesse, os dois homens a estavam observando com muita atenção.

SOCORRO!

Pepa correu rua abaixo, virou a esquina e, sem olhar para trás, chegou ao quintal da sua casa.

Maxi a esperava na agência de detetives, acompanhado de Pulgas e Neném.

– Por que você me deixou sozinha? – foi a primeira coisa que ela perguntou ao entrar.

– Alguém tinha de ficar de guarda na porta – mentiu Maxi –, e, como você não saía, eu vim buscar reforços. Você trouxe o Mouse?

Pepa confirmou e esticou o braço, segurando o hamster pelo rabo.

O coração de Maxi deu um salto.

Depois de um grito assustador, as três crianças e o cachorro saíram correndo da agência de detetives e se enfiaram na casa.

Por sorte, a mãe de Pepa estava na sala.

– Mamãe! – gritou Pepa.

– Shhhh! – advertiu a mãe. – Seu pai está fechado no escritório. Não façam barulho.

– Tem um rato enorme na agência de detetives... – disse Pepa, num sussurro.

– Um rato? – a mulher fez uma careta de nojo.

– Na verdade, é só um ratinho – resmungou Maxi.

A mãe de Pepa saiu para o quintal.

– Tome cuidado, mamãe – disse Pepa.

– Claro! Eu sou veterinária, lembra-se disso?

Pepa, seguida de Neném e Pulgas, aproximou-se da janela para observá-la.

REC! REC! REEEC!

Por um segundo, Pepa ficou sem ar. Aquele barulho! O mesmo que tinha ouvido na livraria antes de fugir! Maxi, em cima de uma cadeira, estava dando corda no velho relógio de parede do avô.

Naquele momento, a mãe de Pepa irrompeu na sala.

– O rato enorme de que você me falava na verdade é um ratinho de laboratório assustado. Vou levá-lo ao consultório. – E saiu da casa rumo à sua clínica veterinária.

Os olhos de Maxi se encheram de lágrimas ao se lembrar do seu hamster.

– Temos de voltar à livraria para buscar o Mouse ou ele vai ficar bravo comigo... Você sabe que ele é um pouco rancoroso.

Pepa concordou.

Os dois se dirigiram à porta e, ao abri-la, sentiram um calafrio percorrer a coluna vertebral.

O livreiro estava diante deles segurando a mochila de Pepa.

As crianças retrocederam.

– Como ele descobriu onde você mora? – quis saber Maxi.

– Tem o meu endereço escrito no lado interno da mochila, para o caso de eu a perder – explicou Pepa.

O homem avançou a grandes passos para dentro da casa.

– Fora daqui! Fora daqui! – grunhia várias vezes.

Pulgas se escondeu atrás das três crianças com o rabo entre as pernas. Pepa e Maxi se abraçaram, tremendo de medo. Neném deu um passo para a frente e observou aquele homem de olhos verdes arregalados.

– Venha aqui! Não se aproxime dele! – exclamou sua irmã, gesticulando e sem perder o irmão mais novo de vista.

Mas o bebê não ligou para ela.

– Po... por quê o seu irmão nunca responde às suas ordens? – caçoou Maxi.

Neném olhava para o homem com curiosidade, de cima para baixo e de baixo para cima...

O homem se agachou para observar o bebê, e, quando fez isso, seus joelhos fizeram um barulho de metal!

Neném não se afastou nem um milímetro e se manteve firme na frente dele, sem deixar de chupar sua chupeta.

O homem segurou o bebê com as mãos, levantou-se e o ergueu no ar, olhando fixo para ele.

Chup! Chup! Chup!

Inesperadamente, o bebê jogou seu pequeno corpo para trás, tomou impulso e deixou escapar a chupeta sacudida por um tremendo espirro.

A chupeta saiu disparada até bater com força no boné do homem, e o boné caiu no chão.

De um lado e do outro das têmporas havia alguns mecanismos de corda!

– Aaah! Papaaai! – gritou Pepa, correndo para o escritório do pai, seguida de Maxi e de Pulgas. – Papaaai!

– Frankenstein! – exclamou Maxi.

– Do que está falando? – perguntou Pepa, sem parar de correr.

– Esse cara parece o próprio monstro de Frankenstein! E tem o Neném em seu poder!

– Aaaah! – gritou outra vez Pepa, morrendo de medo – Papaaai! O monstro não solta o meu irmão!

O escritório estava vazio, o computador, ligado e a janela, escancarada.

– Ca... cadê o seu pai? – observou Maxi, sem fôlego.

– Como é que eu vou saber? Ele deve ter saído... Sempre desaparece quando mais precisamos!

– Pela janela?

– É claro! – respondeu Pepa, acostumada às extravagâncias do escritor, pois a janela do escritório dava para o jardim da frente da casa.

– A questão é: o que o detetive Lupinha iria fazer agora?

– Se esconder!

Pulgas se enfiou debaixo da escrivaninha.

Maxi entrou
no armário.

E Pepa olhou para um
lado e para o outro, sem
saber onde se esconder.

– Psiu! – sussurrou Maxi, olhando pelo buraco da fechadura. – Se enfia na gaveta do arquivo!

Pepa se apressou para abrir a grande gaveta... Estava repleta de manuscritos!

Então escutaram um choro vindo da sala e se lembraram de que haviam deixado Neném sozinho diante do perigo.

Pulgas levantou as orelhas, saiu do seu esconderijo improvisado e se apressou em ir socorrer o bebê, seguido de Pepa e Maxi.

Agora aquele ser estranho tinha a chupeta de Neném em seu poder e não parecia disposto a devolvê-la!

– Fora daqui! Fora daqui! – repetia, irritado, enquanto se dirigia à porta principal e abandonava a casa. – Fora daqui! Fora daqui!

– Veja! – exclamou Maxi, observando o mecanismo de corda, que girava em sua têmpora a cada passo que ele dava. – É como se...

– ...funcionasse com corda, como o relógio do vovô! – Pepa terminou a frase.

Neném chorava desconsolado, porque queria recuperar sua chupeta.

– Não se movam daqui! – ordenou Pepa ao irmão e a Pulgas. – Voltamos em seguida.

– Se quiser, eu fico com eles – propôs Maxi.

– Alguém vai ter de ficar de guarda.

Por um segundo, Pepa hesitou. Mas sua mãe estava se aproximando da casa, carregada com o que à simples vista parecia... um pato?

Pepa pegou Maxi pelo braço e o arrastou rua acima, até chegar à livraria.

UM + UM = 2 FRANKENSTEINS

O estabelecimento ainda não havia fechado. Pepa deu uma olhada do lado de dentro através da porta de vidro.

– Não estou vendo o Frankenstein – garantiu. – Deve estar lá nos fundos.

– Bom – suspirou Maxi –, o que vamos fazer?

– O plano é o seguinte: entrare...

– Bom, eu espero você aqui – cortou Maxi. – Acho uma ótima ideia.

Pepa franziu o nariz.

– Entrare... mos. Nós dois. Você vai distraí-lo...

– Distraí-lo? Como?

– Não sei! Faça a primeira coisa que passar pela sua cabeça.

– Como o quê? – perguntou Maxi, apreensivo.

Pepa olhou para ele, incrédula.

Como o quê? Bom... Ainda que a resposta para essa pergunta parecesse fácil, nesse instante não era nem um pouco!

– Você pode dançar! – foi a primeira coisa que passou pela cabeça dela.

Dançar?

Maxi pensou que a amiga não sabia o que estava falando.

Como é que ele ia dançar se suas pernas estavam tremendo?

– A questão é que eu preciso de tempo para encontrar o Mouse!

Entraram na loja bem devagar e quase sem fazer barulho.

Mas, quando ouviu "Iiic! Iiic! Iiic!", Maxi pôs o plano inteiro por água abaixo.

– Mouse! – gritou ele, correndo para os fundos. – Mouse!

"Ele ficou maluco?", Pepa, ao lado do porta guarda-chuva, estava desconcertada. Até que um grito de pânico a fez reagir, e ela se pôs a correr até onde o amigo se encontrava.

Frankenstein, com
a chupeta na boca
e uma vassoura
nas mãos, estava
prestes a
varrer Mouse
do mapa!

– Não se atreva! – gritou Maxi.

Mas, no mesmo instante em que a vassoura ia cair em cima do pequeno roedor, o mecanismo de cordas se deteve, e Frankenstein ficou paralisado. Da porta dos fundos da loja, alguém tinha lançado um bumerangue e havia travado o mecanismo daquele monstro!

Maxi se precipitou sobre o hamster e, no mesmo instante, colocou-o no capuz da sua blusa.

Iiic! Iiic! Iiic!

Iiic! Iiic! Iiic!

– Fale para ele parar de choramingar. É suficiente por hoje – repreendeu Pepa, ao mesmo tempo que recuperava a chupeta de Neném.

– Não foi o Mouse – garantiu Maxi, sem deixar de olhar para Frankenstein, para ver se se mexia.

Se não foi o hamster, quem estava gemendo?

Pepa grudou o ouvido numa grande caixa de papelão que havia nos fundos da loja.

Iiic! Iiic! Iiic!

Pôs um dedo sobre os lábios para indicar a Maxi que permanecesse em silêncio. Tirou o precinto da caixa e, dentro dela, descobriram outro Frankenstein!

Eram iguais. Os mesmos olhos verdes, o boné... mas este usava óculos e tinha um pedaço de fita adesiva na boca que o impedia de falar!

– Iiic! Iiic! Iiic! – Indicou que o ajudassem a sair da caixa. Estava tão encaixado que não podia sequer mexer os braços.

– Podemos confiar? – perguntou Maxi.

O homem agitou a cabeça com força, fazendo cair o boné.

– *Mmmm! Miram? Não menho nada na mêmpora!* – resmungava, franzindo o cenho várias vezes.

E era verdade. Em suas têmporas não havia mecanismo algum. Podiam ajudá-lo!

Uma vez fora da caixa, o livreiro levou alguns minutos para se recuperar. Então lhes explicou que, uma semana atrás, um estranho personagem com uns sapatos de couro verde tinha tentado comprar o seu negócio por uma quantia considerável de dinheiro.

O homem lhe havia feito duas visitas e, por fim, vendo que se recusava a vender, ameaçou-o com a ruína.

– Ele me disse que queria derrubar a livraria para construir um shopping center – continuou o livreiro. – Mas eu me neguei, e foi então que os meus problemas começaram. Três dias atrás, encontrei o meu sósia na porta da loja.

– Esse aí? – perguntou Pepa, apontando para Frankenstein.

– Exato. Vejam bem, somos como duas gotas de água!

– É verdade, são a cara do Frankenstein – garantiu Maxi.

– Cof cof... – fez Pepa para indicar ao amigo que tinha acabado de dar um fora.
go que tinha acabado de dar um fora.

– Não tem problema, eu já aceitei – lamentou-se o livreiro, enquanto tirava um papel do bolso. – Ele chegou com uma carta de apresentação comovente.

QUERIDO GÊMEO:

NÃO SEI SE VOCÊ SE LEMBRA DAQUELE DIA DE INVERNO EM QUE NOS SEPARARAM, QUANDO TÍNHAMOS UM ANO DE IDADE. DESDE ENTÃO, EU ESTIVE PROCURANDO POR VOCÊ POR TODOS OS LADOS, BAIRROS, CIDADES, PAÍSES... ATÉ AGORA, QUE FINALMENTE O ENCONTREI.

"Achei incrível. Eu não tenho família, e às vezes me sinto muito sozinho. O fato de que de repente aparecesse um irmão, cuja existência eu desconhecia até agora, me cegou, e eu me neguei a ver a realidade. Ao contrário, fui tão ingênuo que lhe propus que trabalhasse comigo na loja. Ele não respondeu, mas ficou."

O livreiro permaneceu alguns segundos em silêncio.

– Agora que eu penso, achei estranho que praticamente não falasse comigo... E, quando falava, gritava! Nem sequer parecia feliz de me ver. Ai! Como eu pude ser tão tonto?

"No dia seguinte, quando abri a loja e entraram os primeiros clientes, percebi que o meu irmão não servia para atender ao público. Ele espantava a minha clientela gritando: 'Fora daqui!'.

"Tentei lhe explicar várias vezes que devemos tratar o cliente com amabilidade e dar a razão a eles, mas não teve jeito!"

Pepa e Maxi escutavam com atenção.

– E a partir daí não pararam de acontecer coisas insólitas. Sem ir mais longe, ontem de manhã eu descobri um rato fuçando nas estantes dos livros de culinária.

– Um hamster – corrigiu Maxi.

– Rato, hamster... Tanto faz! Eu tenho fobia de roedor. – O livreiro tremeu pelo simples fato de pensar que o rato podia rondar pelas estantes. – É melhor eu conseguir um gato o quanto antes.

Mouse estremeceu.

– Por fim, ao meio-dia, descobri algo que me aterrorizou. Muito a contragosto, deixei o meu irmão tomando conta do negócio.

Precisava ir à óptica, porque, alguns dias atrás, alguém me deu um empurrão, meus óculos caíram no chão, e a lente quebrou. Menos mau que tínhamos outra para trocar. Sem óculos eu estou perdido! Mas isso não vem ao caso agora... Na frente da loja havia uma limusine preta de vidro fumê. Naquele momento, eu não prestei atenção. No meio do caminho, percebi que tinha esquecido o celular e voltei para a livraria.

"Qual não foi a minha surpresa ao encontrar o homem do sapato de couro verde dentro da loja, diante do meu irmão! Este estava sem o boné que costumava usar e tinha uma aparência monstruosa. Dos dois lados da cabeça, nas têmporas, tinha umas pequenas porcas.

"Descobri que eram uma espécie de mecanismo para dar corda nele. O meu irmão gêmeo não era humano! Então eu me dei conta de que era um robô programado para arruinar a minha vida."

Os olhos do livreiro se encheram de lágrimas. Teve de tomar um pouco de ar antes de prosseguir o seu relato.

– E o que aconteceu depois? – perguntou Maxi.

– Quando eu quis reagir, já estava dentro da caixa. Fiquei preso dentro dela a noite inteira, até agora.

– Sem comer nem beber? – perguntou Pepa, cuja barriga tinha começado a roncar de fome.

– Não, não. Hoje à tarde, o cara do sapato de couro verde teve a delicadeza de me dar uns sanduíches de queijo.

Maxi pôs a mão no capuz para evitar que Mouse colocasse a cabeça para fora. O livreiro não gostava de roedores!

– Isso é tudo, crianças. Agora chegou o momento de deixar o assunto nas mãos da polícia. Mas não sei como agradecer a ajuda de vocês... – continuou o homem.

– Nós, sim! – responderam Pepa e Maxi, e apontaram para a vitrine da loja onde estava exposto o livro da série *Detetives e farejadores*.

– É de vocês... – Mas, antes que pudesse terminar a frase, um golpe seco na porta o deixou sem fala.

PLAM!

Quem havia entrado?

CLIP! CLAP! CLIP! CLAP!

– Conheço esses passos...! – sussurrou o livreiro, pálido.

Sem hesitar nem um milésimo de segundo, eles se apressaram para se esconder e ficaram com a testa ensopada de um suor frio.

O homem do sapato de couro verde tinha voltado e se dirigia para onde eles estavam. De repente, parou.

– Droga! – grunhiu.

Tinha acabado de descobrir Frankenstein imobilizado e, pior!, a caixa estava aberta, e o livreiro não estava dentro dela.

– Aposto que esse cara foi avisar a polícia! Temos que fugir! – exclamou, ao mesmo tempo que arrastava uma cadeira para subir e dar corda no robô.

PLAM!

Outra batida de porta. Havia entrado mais alguém.

O homem do sapato de couro verde se virou e, de súbito, pulou da cadeira e desapareceu pela ruela escura dos fundos da loja. Em seguida, ouviu-se o rugido estrondoso do motor de um carro que se afastava rua abaixo.

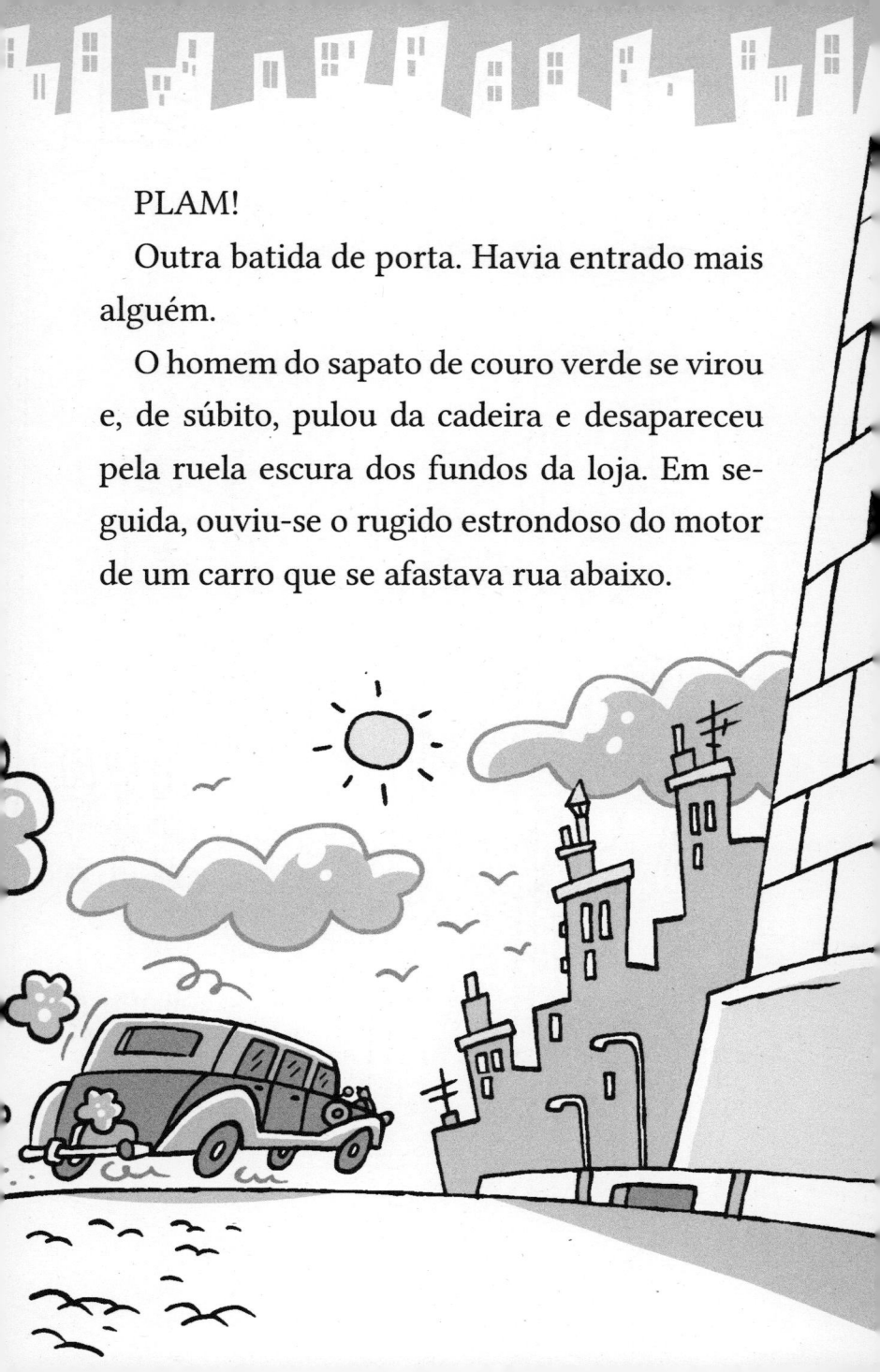

– Oi? – cumprimentou a voz amável de alguém que aparecia à porta.

– Papai! – exclamou Pepa, saindo do esconderijo, seguida de Maxi e do livreiro.

– O que vocês estão fazendo aqui? – perguntou o pai, e então seus olhos pousaram em Frankenstein. – Quem é esse?

– É uma longa história! Mas você chegou no momento exato! – O livreiro esboçou um sorriso.

– Eu... só queria comprar o livro da vitrine antes que a livraria fechasse– foi a desculpa do pai de Pepa.

– Sinto muito, não está à venda! – garantiu o livreiro.

Pepa e Maxi tinham em suas mãos a última aventura de *Detetives e farejadores*.

ROTEIRO: Chegar à biblioteca. (1) – Passar pela livraria e encontrar a mochila. (2) – Chegar à agência de detetives. (3)

Atenção!
Você não pode avançar em caso de:
Obras – Semáforos vermelhos – Sinais de proibição ou de perigo – Barreiras – Veículos atravessados – Cocôs de cachorro – Bueiros abertos – Livreiros à espreita.

Decifre a mensagem para encontrar as pistas que vão conduzir você até o misterioso personagem:

S08 M3DR0S0 M4S 3F1C13NT3
8S0 M4SC4R4 3 3ST08 C0NT3NT3
P0RQ83 0 ME8 S0BR3T8D0
M3 D4 8M 4R R3S0L8T0

Agora que você tem as pistas, qual deles é o verdadeiro?

TODAS AS AVENTURAS DE PEPA E MAXI...